• CHICAS PONI •

Kianna

WITHDRAWN

Por Lisa Mullarkey
Ilustrado por Paula Franco

Calico

An Imprint of Magic Wagon
abdopublishing.com

To John: Husband extraordinaire and brainstorming buddy.
I love you! —LM
To Mora and Mi, my dearest friends. —PF

A John: Esposo extraordinario y compañero inseparable
en mis tormentas de ideas.
¡Te quiero! —LM
A Mora y Mi, mis más queridas amigas. —PF

abdopublishing.com

Published by Magic Wagon, a division of ABDO, PO Box 398166, Minneapolis, Minnesota 55439. Copyright © 2017 by Abdo Consulting Group, Inc. International copyrights reserved in all countries.

No part of this book may be reproduced in any form without written permission from the publisher. Calico™ is a trademark and logo of Magic Wagon.

Printed in the United States of America, North Mankato, Minnesota.
112016
012017

 **THIS BOOK CONTAINS RECYCLED MATERIALS**

Written by Lisa Mullarkey
Illustrated by Paula Franco
Edited by Heidi M.D. Elston, Megan M. Gunderson & Bridget O'Brien
Designed by Jillian O'Brien
Art Direction by Candice Keimig

Publisher's Cataloging in Publication Data

Names: Mullarkey, Lisa, author. | Franco, Paula, illustrator.
Title: Kianna / by Lisa Mullarkey ; illustrated by Paula Franco.
Other titles: Kianna. Spanish
Description: Minneapolis, MN : Magic Wagon, 2017. | Series: Chicas poni
Summary: First year camper Kianna Drake is technically too young
to be a Pony Girl at Storm Cliff Stables, but in two days she will be officially eight
and she is feeling homesick and a little left out, because the other
Pony Girls do not seem to care.
Identifiers: LCCN 2016955298 | ISBN 9781614796244 (lib. bdg.) |
    ISBN 9781614796442 (ebook)
Subjects: LCSH: Riding schools--Juvenile fiction. | Camps--Juvenile fiction. |
    Horses--Juvenile fiction. | Birthdays--Juvenile fiction. | Loneliness--Juvenile
    fiction. | Spanish language materials--Juvenile fiction.
Classification: DDC [Fic]--dc23
LC record available at http://lccn.loc.gov/2016955298

Índice

Capítulo 1
Pequeña Miss
Rayo de sol

—¡Llegó el correo! —dijo tía Jane—. Para ti, señorita Daniela.

Entregó un grueso sobre blanco a Dani.

Después, Carly y Gabriela recibieron unos sobres aún más gruesos.

Crucé los dedos.

—¿Hay algo para la chica cumpleañera?

Carly frunció el ceño.

—No es tu cumpleaños.

Me mordí el labio.

—En dos días lo será.

Tía Jane rebuscó en su caja.

—Tengo una postal para una tal señorita Kianna Drake —se dio golpecitos en el mentón—. Hmm . . . a ver, ¿conozco a alguien que se llame Kianna Drake?

—¡Soy yo! —grité, y agarré la carta de su mano.

Tía Jane no es mi verdadera tía. Es la dueña de los Establos Storm Cliff, Es un campamento ecuestre. Aquí todo el mundo la llama tía Jane. Mi mamá dice que si los caballos hablaran, también la llamarían tía Jane.

Yo soy una Chica Poni. Dani, Gabriela y Carly también son Chicas Poni. Lo que significa que somos las campistas más jóvenes.

Pero Carly dice que yo no soy una auténtica Chica Poni. Las verdaderas Chicas Poni tienen ocho años. Yo sólo tengo siete. Pero, a pesar de ello, tía Jane me permite venir al campamento porque es amiga de mi mamá.

Examiné la postal.

—¿Quién te la envió? —preguntó Dani.

—Mi mamá.

Aclaré mi garganta y la leí:

—¡Hola, Pequeña Miss Rayo de sol! Espero que te estés divirtiendo en el campamento. Te quiero, Mamá.

Después me sentí triste. Echaba
de menos a mi mamá. Y a mi perro,
Barkley. Y a todo el mundo, y a todas
las demás cosas de mi casa.

Mamá dice que los Establos
Storm Cliff sólo están a treinta y dos

kilómetros de casa. Pero yo siento como si estuviera más bien a treinta y dos millones de trillones de gazillones de bajillones de kilómetros de distancia.

Tía Jane me tocó la mejilla.

—Tú mamá te empezó a llamar Pequeña Miss Rayo de sol el mismo día que naciste. Y como siempre, sigues siendo tan alegre como el sol.

Me estiré todo lo que pude.

—Ya no soy tan pequeña. Tengo casi ocho años, lo sabes.

—Casi —dijo—. Y como cada año, tendremos un divertido almuerzo tú y yo juntas en tu cumpleaños.

Brindé a tía Jane la más soleada de mis sonrisas. Después guardé la postal en mi bolsillo.

Tía Jane se giró hacia las demás antes de irse.

—Hoy llegaron un montón de paquetes de sus casas. Vayan a la Cantina Verde a recogerlos.

Mi sonrisa desapareció. Rápido.

—¿Qué sucede? —preguntó Dani.

—Espero recibir uno hoy. Especialmente porque es ... ya saben ... mi cumpleaños.

Carly arrugó la nariz.

—Hoy no es tu cumpleaños.

Entonces puso las manos en jarras.

—¿Por qué aún no has recibido ningún paquete de tu casa?

Dani me abrazó.

—Estoy segura de que tu mamá te envió uno para tu cumpleaños.

—¡Y para el Concurso de talentos Miss Fuegos artificiales! —dijo Gabriela.

Gabriela y Dani son primas.

Asentí con la cabeza.

—Para mi cumpleaños, espero que mi mamá me envíe . . .

Para nadie estaba escuchando. Estaban hablando del concurso de talentos.

Cerré mis ojos y pedí un deseo. *Por favor, que mi mamá me envíe un regalo de cumpleaños y mi armónica.* Abrí mis ojos.

¿Pueden funcionar los deseos incluso sin velas ni estrellas?

—Tía Jane dijo que la ganadora del concurso de talentos podrá montar en el caballo que quiera —comentó Carly.

Todas sabemos a quién elegiría Carly.

—Yo montaría en Sapphire —dijo Carly.

Sapphire es una preciosa yegua purasangre de color castaño. Tía Jane dice que es demasiado grande para que Carly la pueda montar sola.

—Si yo gano —dije—, elegiré a Queenie o Duke.

—Espero que pierdas —dijo Carly.

Las fosas nasales de Gabriela se dilataron.

—Eso es muy ruin.

Carly gimió:

—¡Yo no soy ruin! ¡De verdad! Es que es la única oportunidad que tengo de montar a Sapphire.

Después se quejó:

—Aunque tía Jane tenga que montar conmigo, eso sigue siendo lo que quiero.

Cinco minutos más tarde, estábamos en la Cantina Verde. Es una tienda en el Pabellón. Las campistas pueden comprar allí todo tipo de golosinas.

La señora Matthews estaba detrás del mostrador. Al vernos, nos aplaudió:

—¡Las Chicas Poni!

Se dio la vuelta para tomar una pila de cajas. Las puso encima del mostrador y ¡se volvió a girar a por más!

—Dos para Dani, cuatro para Gabriela y uno para Carly —dijo. Frunció el ceño—. Lo siento, Kianna. No tengo ninguno para ti.

Mis ojos se llenaron de lágrimas.

—Mi mamá dijo que tendría al menos uno cada semana.

Carly dijo:

—¿Nada otra vez? Pero si ya llevamos aquí tres semanas ...

Gabriela puso su mano en mi hombro.

—Compartiré contigo, Kianna.

—Eso es muy amable de tu parte —dijo la señora Matthews mientras señalaba a su ordenador—. Kianna, ¿quieres enviar un correo electrónico a tu mamá y preguntarle qué ha pasado con los paquetes?

Negué con la cabeza.

—No, gracias. Si mi mamá dijo que los enviaría, es que están en camino. Ella siempre dice la verdad.

Carly suspiró.

—Esta vez no.

Levanté mi puño hacia Carly.

—Retira eso que has dicho, Carly Jacobs.

Dejó caer los hombros.

—¡Lo siento! Tal vez simplemente olvidó enviarlos.

—Mi mamá ni miente ni olvida cosas.

Entonces recordé mi postal. Pequeña Miss Rayo de sol.

Puse una sonrisa fingida en mi cara.

—Está ocupada. Pero no me quejo, señora Matthews. Mi mamá dice que nadie debería quejarse en el campamento.

Por mucho que deseara un paquete, había algo que deseaba aún más.

Mamá.

Saqué mi postal de mi bolsillo y la volví a leer.

Si se supone que soy la Pequeña Miss Rayo de sol, ¿cómo es posible que sienta esta tormenta en mi interior?

Capítulo 2

Paquetes de casa

Ayudé a las Chicas Poni a llevar sus cajas de vuelta a nuestra cabaña.

Carly abrió los suyos primero. Era un caballo de peluche. Hizo cabriolas con él por toda la habitación.

—La llamaré Sapphire.

Dani fue la siguiente en abrir el suyo. La primera caja tenía unos pendientes de mariposa y un anillo. La segunda caja fue aún mejor.

—¡Mis alas de mariposa! —chilló. Metió los brazos por los pequeños lazos y se puso a revolotear por la habitación como una brillante mariposa.

—Las alas me las envía mi abuela de Costa Rica. Son perfectas para mi Baile de la mariposa —se puso el anillo y los pendientes—. Espero ganar el Concurso de talentos Miss Fuegos artificiales.

Dani ama las mariposas.

Y a Costa Rica.

Y a su abuela.

Entonces Gabriela abrió su primer paquete.

—¿Es de la abuela? —preguntó Dani.

Gabriela sacudió la cabeza.

—Es de mi mamá.

Miró dentro de la caja.

—Esmalte de uñas, un diario, un libro y lápices perfumados.

Me encantan los lápices perfumados. Gabriela empujó la caja hacia mí.

—Quiero que te quedes con estos.

—¿De verdad? ¿Los lápices perfumados? —dije—. ¡Muchísimas gracias! Hay suficientes para todas nosotras, podemos compartirlos.

Dani dejó de revolotear. Se sacó el anillo.

—Puedes quedarte mi anillo, también.

—¿De verdad? —pregunté. ¡Me sentía como si fuese mi cumpleaños!

Carly se quejó:

—Sólo porque su mamá olvidó enviarle cosas . . .

Di una patada al suelo.

—Ya te lo dije, a mi mamá no se le olvidan las cosas. Sólo es que se *perdieron*.

—¿Todos? —preguntó Carly.

—Todos y cada uno de ellos —dije.

Entonces busqué en mi bolsillo y saqué tres piedras con forma de corazón.

—Estas son para ustedes. Las encontré en el establo. Voy a buscar otra para mi colección de piedras.

Dani batió sus alas.

—¡Es muy bonita!

—Es muy aburrida —dijo Carly.

Se la arrebaté de la mano.

—Si no la quieres, no pasa nada.

A Gabriela se le iluminaron los ojos, así que le di la de Carly.

—¡Es preciosa! —dijo Gabriela—. Nunca había visto una piedra con forma de corazón.

Dejó la caja en el suelo.

—¿Puedo ir contigo? Podríamos conseguir un montón de ellas y pintarlas.

Mi mamá diría que es una idea rocantástica.

Fingimos que íbamos montando a caballo por todo el camino hasta el establo. Bree estaba ordeñando a Daisy cuando llegamos.

—¿Necesitas ayuda? —pregunté.

Le dio una palmada a Daisy.

—Siempre.

Bree tiene trece años. Ayuda a tía Jane a cuidar a los animales. Cuando sea mayor, quiere ser veterinaria.

—¿Dónde está todo el mundo? —preguntó.

—Abriendo los paquetes que les han mandado de casa —dije—. Yo no he recibido ninguno.

—¿Estás esperando algo en especial? —preguntó Bree.

Asentí con la cabeza.

—Mi armónica, la necesito para el Concurso de talentos Miss Fuegos artificiales. Si no la recibo, no tengo ni idea de qué puedo hacer para mostrar mi talento.

—Si no te da tiempo, podrías contar chistes en su lugar —dijo—. O podrías cantar o bailar.

—Dani va a bailar —le dije—, con alas de mariposa. Carly está practicando para hacer pompas de chicle.

Bree se rio.

—Ahora entiendo porque masca tanto chicle.

Se dirigió a Gabriela:

—¿Y qué hay de ti?

Gabriela encogió los hombros.

—Aparte de montar a caballo, realmente no tengo ningún talento.

—Eso no es verdad —dije—, Dani dice que tú eres buena en todo.

Gabriela se puso colorada.

—En realidad no.

Me senté junto a Daisy en un taburete. Entonces recordé las piedras.

—Vamos a ir a buscar unas cuantas piedras con forma de corazón, quiero una para mi colección de piedras. Pero vamos a recoger un montón de ellas y pintarlas.

Bree examinó la piedra.

—He visto antes estas piedras. Son bonitas.

Puso el cubo en el suelo y acarició la tripa de Daisy.

—¿Qué les parece si voy con ustedes? Quizás podamos encontrarte una armónica.

Cuando paseábamos de vuelta, Gabriela se agachó y recogió unas cuantas piedras.

—La forma de corazón es mi favorita.

Entonces mis ojos se iluminaron. Pero no porque viera corazones.

Se iluminaron ¡porque vi círculos!

Y esos círculos me estaban dando una idea. ¡Una idea para el Concurso de talentos Miss Fuegos artificiales!

Capítulo 3

El lanzamiento de pizzas

—¿De quién son esos aros de hula hula? —pregunté. Estaban colgados de unos ganchos.

—Son de tía Jane —dijo Bree—. Los compró para las volteadoras. Esha los ha estado utilizando durante sus lecciones.

La semana pasada aprendimos que el volteo es un deporte ecuestre. Es una especie de combinación de baile y movimientos gimnásticos a lomos de un caballo. Mientras está en movimiento. Me da demasiado miedo probarlo.

Pero a Carly no le da miedo, ¡le encanta!

—¿Crees que Carly ha usado uno? —pregunté.

—No —respondió Gabriela—, nos lo habría contado.

Bree recogió uno.

—Debe ser difícil mantener el equilibrio sobre un caballo y al mismo tiempo bailar el hula hula.

Deslicé mi dedo por la suave superficie del aro de plástico.

—Tengo una idea.

Levanté un aro rojo del gancho. Lo pasé por mi cabeza y lo sostuve a la altura de mi cintura. Entonces moví las caderas y la barriga hacia delante e hice girar el aro.

—Ya que no tengo armónica, podría bailar el hula hula en el concurso de talentos.

Gabriela suspiró.

—Podrías. Aunque me parece algo aburrido lo de quedarte mirando cómo un aro gira y gira.

—Yo creo que es una buena idea —dijo Bree—. Especialmente si tocas música mientras lo haces.

Dejé de mover las caderas. El aro cayó al suelo.

—Si sólo diera vueltas y vueltas, se vería aburrido —tomé otro aro—.

Pero puedo hacer mucho más que eso. Puedo poner uno en mi cintura y otro alrededor de mi cuello al mismo tiempo. Así.

Pude hacer girar los dos aros súperrapido.

Gabriela aplaudió.

—¡Se te da bien esto! ¿Puedes enseñarme?

Dejé caer los dos aros.

—¡Claro que sí! Puedo enseñarte un montón de trucos. ¡Me encanta jugar con el hula hula!

—Déjame probar —dijo Bree—. Hace mucho tiempo que no uso uno de estos.

Eligió un aro naranja e intentó hacerlo girar alrededor de su cintura.

Cayó directamente al suelo. Volvió a intentarlo una y otra vez. Finalmente, lo devolvió a su sitio.

—Nunca fui muy buena en este juego.

—Sólo tienes que repetir lo que yo hago —le dije. Volví a sacar el aro naranja del gancho—. No te rindas. Mi mamá dice que nunca hay que rendirse.

Después de unos minutos, ¡lo consiguieron! ¡Sus aros se mantuvieron girando!

—¿Quieren ver otro truco? —pregunté—. Este es mi favorito.

Levanté un aro por encima de mi cabeza.

—Se llama el Vórtice y se parece a uno de esos postes de barbero que hay en las barberías.

El aro se movía arriba y abajo, siguiendo formas sinuosas sin detenerse.

—Cuanto más rápido se mueve, más espectacular parece —dijo Bree.

Me sentí como una estrella, ¡una estrella del hula hula!

—¿Sabes hacer otros trucos? —preguntó Gabriela.

Sin detenerme, grité:

—¡Puedes apostarlo! Este es el Lazo.

Volvieron a aplaudir. Pero esta vez, ¡aplaudieron más fuerte!

—¿Quieren ver un Lanzamiento de pizza?—pregunté—. Es muy complicado.

Empecé con el Vórtice. Después, lancé el aro hacia arriba en el aire como una pizza. Después lo agarré y lo volví a poner alrededor de mi cuerpo sin parar de girarlo.

Bree y Gabriela chillaron:

—¡Hazlo otra vez!

¡Y eso hice!

Después agarré tres aros y los hice girar en mis brazos y en una pierna a la vez.

Cuando me cansé, dejé que los aros cayeran al suelo. Entonces, hice una reverencia.

—¡Bravo! —gritó Bree.

—¡Esto es lo más genial que he visto nunca! —dijo Gabriela—. Seguro que

practicas un montón. ¡Yo tardaría toda la vida en aprender todo eso!

—Mi mamá y yo empezamos a jugar al hula hula el Día del campo que celebramos en la guardería. Al principio no era buena, pero practiqué mucho.

Volví a poner los aros en el gancho.

—¿Cómo aprendiste los trucos más difíciles? —preguntó Gabriela.

Me eché a reír.

—¡Gabriela! Tú deberías saberlo, ¿qué es lo que siempre estás haciendo?

—Leer —dijo ella—. ¿Así que lo aprendiste de un libro?

Asentí con la cabeza.

—Y viendo videos en línea. Puede que mi madre me deje publicar un video cuando vuelva a casa.

Y cuando publique mi video, pienso tener alrededor de mi cuello ¡la medalla del Concurso de talentos de Miss Fuegos artificiales!

Capítulo 4

Peligro en el paseo

A la hora del almuerzo, conté a las demás Chicas Poni mis grandes noticias.

—Si no llega mi armónica, haré trucos de hula hula en el concurso.

Carly explotó una pompa de chicle.

—¿No son los aros de hula hula algo infantiles?

Mi mamá me tiene dicho que ignore a las personas groseras. Así que la ignoré.

Layla se acercó a nosotras.

—Gabriela, empieza tu lección de salto.

Carly chasqueó su chicle.

—Hoy tengo volteo.

Se metió más chicle en la boca y se fue con Gabriela.

Layla echó un vistazo a su portapapeles.

—Parece que ustedes dos se vienen de paseo conmigo.

Dani aleteó con sus brazos.

—La última vez que fui de paseo vi la mariposa más *hermosa*. Rolling Hills es el mejor sendero que hay aquí.

Layla se rio.

—¡Es el único sendero en el que has estado! Hasta hoy.

—¿Vamos a ir a High Point? —pregunté—. ¿O a Crestview Mountain?

Layla se cubrió el corazón con sus manos.

—¡Qué va! Aún no están preparadas para esos caminos. Pero ustedes dos están listas para Mountain Creek.

—¿Sólo nosotras dos? —pregunté.

Dani respondió:

—Las demás chicas no pueden venir porque...

Layla la interrumpió.

—Hoy tienen otras actividades.

Cuando llegamos al establo, Bree ya tenía los caballos ensillados.

Cinco minutos después, con la ayuda de Layla, monté sobre Sunburst y Dani montó sobre Duke.

Layla dirigía la marcha a través de los bosques sinuosos.

—Mantengan bien abiertos los ojos y las orejas. Nunca se sabe lo que nos podemos encontrar en un sendero. Hay muchas cosas que mirar por supuesto. Pero tómense unos minutos sólo para escuchar. Se sorprenderán de las cosas que oirán.

Justo en ese momento, una mariposa monarca pasó revoloteando por la cabeza de Dani. Ella la observó mientras bailaba alrededor de las orejas de Duke.

Dani habló muy despacio:

—¿Lo ves, Layla? Estoy aprendiendo. La primera vez que salimos, vi un zorro en el sendero y grité. ¿Recuerdas cómo se asustó Blue?

—¿Cómo podría olvidarlo? —dijo Layla—. Pero mírense ahora. Están las dos sentadas bien estiradas sobre sus sillas de montar y guiando a sus caballos. Y ya no permiten que sean ellos quienes las guíen.

Miré hacia atrás a Dani.

—Si ves otro zorro, no grites. Recuerda que debes mantener la calma. Si estás calmada, tu caballo también lo estará.

Dani frunció el ceño.

—El otro día no grité porque estuviera asustada, sino porque estaba emocionada.

—Lo sabemos —dijo Layla—. Pero el aviso de Kianna es un sabio consejo.

Dani acarició el cuello de Duke.

—No lo olvidaré.

Estuvimos cabalgando cerca de un kilómetro sin hablar. Me costó muchísimo, ¡especialmente porque deseaba charlar sobre mi cumpleaños!

Finalmente, no pude resistirlo más.

—Así que, ¿qué sonidos han oído?

Layla habló la primera.

—He oído el zumbido de unas abejas, el agua de un arroyo o un torrente, y un pájaro carpintero. Al menos creo que era un pájaro carpintero. Alguien estornudó también.

—Esa fui yo —dijo Dani, sonriendo.

—Y, por extraño que parezca —dijo Layla—, oí a alguien tarareando «Cumpleaños feliz».

Solté una risita.

—Culpable. Mi cumple . . .

Pero entonces, Layla levantó la
mano y tiró de las riendas de su caballo.
Apuntó a un mapache que estaba a
unos tres metros de distancia.

—¡Qué bonito es! —dije. Quería
verlo más de cerca así que me deslicé
para bajarme de Sunburst.

Layla saltó de su caballo y me levantó en el aire antes de que supiera lo que estaba pasando. Después me empujó de vuelta a mi montura.

Parecía asustada. Respiraba fuerte mientras regresaba corriendo hacia su caballo y volvía a montarse en él.

Ella me siseó:

—¿En qué estabas pensando, Kianna? Nunca jamás vuelvas a bajarte de tu caballo durante un paseo sin permiso. Además, los mapaches no deberían estar fuera durante el día.

El mapache parecía tener dificultades para andar.

—Parece herido —dije.

—Probablemente tenga la rabia —
dijo Dani.

No estaba muy segura de lo que era
la rabia, pero sí sabía que debía ser algo
malo. Algo muy malo.

El mapache nos miró, pero no se
movió.

La voz de Layla sonó irritada.

—Tía Jane se va a enfadar mucho
cuando se entere.

Intenté decir que lo sentía pero Layla
levantó su mano. Le temblaba la mano.

—Guíen a sus caballos en línea
recta por el sendero. Este no es el mejor
momento para que sus monturas se
asusten por un mapache enfermo.

Miré directamente al frente y guié a mi yegua hacia abajo por el camino. Dani hizo lo mismo. Unos minutos después estábamos en campo abierto.

Layla dijo:

—Podemos detenernos y dejar que los caballos descansen. Estamos a salvo.

Después volvió a usar su voz gruñona.

—Kianna, nunca debes acercarte a *ningún* animal salvaje. ¡A estas alturas ya deberías saberlo! Estoy decepcionada de que olvidaras esa regla tan fácilmente.

Sentí todo lo contrario a un rayo de sol.

Layla se masajeó las sienes.

—Ya es hora de que regresemos.

Cuando finalmente regresamos a los establos y desmontamos, miramos por debajo de las mantas sudaderas de los caballos, tal como nos había enseñado Bree, para asegurarnos de que sudaran de forma uniforme.

—¿Hay alguna parte que tenga más sudor que las demás? —preguntó.

—Todas por igual —dije yo.

—El mío también —dijo Dani.

—Buen trabajo —dijo Bree—. Entonces no es necesario ajustar las sillas.

Layla me fulminó con la mirada: —Pero sí es necesario ajustar el comportamiento de algunas campistas.

Salió del establo sin decir adiós.

Habría querido saltar a lomos de Sunburst y cabalgar con ella todo el camino de vuelta a casa.

Capítulo 5
Casi ocho

Más tarde, Layla aún parecía enfadada conmigo en el fuego de campamento. La saludé con la mano, pero apenas si me devolvió la sonrisa. Después se dirigió hacia tía Jane.

—Layla sigue enojada conmigo —dije.

Dani se encogió de hombros.

— ¿Por qué dices eso?

Señalé hacia ella y tía Jane. Estaban abriendo bolsas de malvaviscos y hablando.

—Porque acaba de señalar en esta dirección hacia mí. Tenía puesta su cara de enfado y estaba usando esa voz gruñona.

—¿Qué fue lo que dijo? —preguntó Carly.

—No lo sé —dije—. No puedo oírla desde tan lejos.

Carly se rio.

—Entonces, ¿cómo sabes que está usando su voz de gruñona?

—Lo sé, eso es todo. Cuando las saludé con la mano a ella y a tía Jane, no me devolvieron el saludo.

Gabriela las buscó con la mirada.

—Es verdad que parecen enfadadas por algún motivo.

Carly estuvo de acuerdo.

—Puede que estén enfadadas porque nos estamos quedando sin malvaviscos. Las oí decir que deberían haber traído más.

—¿De verdad? —pregunté—. Porque, si eso fuera cierto, me sentiría muchísimo mejor.

Y debía ser cierto, porque un minuto después, tía Jane y Layla estaban riéndose.

Me sentí mejor. Tanto, que me acerqué y elegí un palo. Aunque de alguna forma no conseguía pillar el truco de cómo asar malvaviscos.

—Aquí tienes uno largo para ti —me dijo Jaelyn, la amiga de Bree—. No olvides empujar el malvavisco hacia abajo por el palo un poco más. No querrás que se te vuelva a caer al fuego.

Pero se volvió a caer al fuego. Todas y cada una de las veces que intenté preparar uno.

—Lo estás manteniendo sobre el fuego demasiado tiempo —dijo Jaelyn. Ella sujetaba su palo bien alto por encima del fuego.

—Pero, si no toca el fuego —pregunté—, ¿cómo conseguirás tostarlo?

—Sólo mira —dijo Esha.

Así que miré. Pero no pasó nada.

—¿Qué es lo que estoy mirando?

Esha puso los ojos en blanco.

—Escucha, Chica Poni, sólo tienes que mirar el malvavisco. Ya verás.

Así que miré a Jaelyn girar el malvavisco bien alto por encima del fuego. Era aburrido. Hasta que me di cuenta de que empezaba a ponerse un poco marrón. Y después se fue oscureciendo más y más.

Jaelyn se retiró del fuego.

—¡Eh, funcionó! —dije—. Está tostado.

Jaelyn tomó una galleta Graham. La partió por la mitad y puso un poco de chocolate en una de las mitades. Después, con los dos trozos de galleta, hizo un sándwich con el malvavisco, lo apretó y, suavemente, lo sacó del palo.

Cuando aplastó su s'more todo junto, el malvavisco, tostado y untuoso, empezó a deslizarse hacia afuera por todas partes.

—¡La perfección! —dijo ella.

—¿Y ahora qué toca? — le pregunté.

—Comérselo —dijo Esha—, ¿qué otra cosa si no?

Jaelyn le dio un gran bocado.

—Tu turno. Recuerda mantenerlo por encima del fuego.

Durante los siguientes veinte minutos, las Chicas Poni tostaron malvaviscos. ¡Me sentía como si ya tuviera ocho años!

Nos lo estábamos pasando muy bien
hasta que se acercó tía Jane.

—¿Quieres uno, tía Jane? —le pregunté.

Pero tía Jane no quería un s'more. Quería hablar.

—Kianna, acabo de hablar con Layla sobre el paseo a caballo de hoy. Permití que fueras a Mountain Creek porque creí que ya estabas lista. Pero estar lista incluye ser responsable.

De repente me sentí como un malvavisco derretido y pegajoso.

—Pero ahora sé que tú no estabas en absoluto lista para ese paseo a caballo.

—Oh, no, tía Jane, ¡estaba lista! Sólo tuve un pequeño problema, eso es todo.

Tía Jane se mordió el labio.

—Bajarte de tu caballo para acercarte a un animal enfermo es un gran problema.

Los ojos de Esha se agrandaron.

—Ni siquiera yo habría hecho eso.

—Nunca, bajo ninguna circunstancia, debes acercarte a un animal salvaje —dijo tía Jane.

—Lo siento —dije—. El mapache era tan bonito. No sabía que estaba enfermo.

En ese momento fue cuando Layla volvió a usar su voz gruñona.

—Pero es que *estaba* enfermo, Kianna. Podría haberte mordido, y entonces tú también habrías caído enferma.

Carly sacudió su dedo hacia mí:

—¿Te acuerdas cuando intenté ayudar a Gertie?

Gertie era una culebra que Carly quiso adoptar como mascota. Mordió a Bree en el dedo.

—Aquella ocurrencia que tuve no fue una buena idea —dijo Carly—. Sin embargo, aprendí mi lección.

Tía Jane esbozó una sonrisa.

—Tu mamá se enfadaría si no te mantuviera a salvo. Pero tú también debes colaborar en mantenerte a salvo. La próxima vez, toma una decisión más inteligente, ¿de acuerdo?

Cuando se alejaban, oí a Layla decir:

—Sólo tiene siete años, tía Jane. Ese es el problema.

Apreté mis puños.

—Casi ocho —susurré—. Casi ocho.

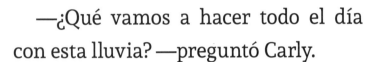

Capítulo 6

Un día de lluvia desastroso

—¿Qué vamos a hacer todo el día con esta lluvia? —preguntó Carly.

—Va a ser un día realmente aburrido. ¡A—B—U—R—R—I—D—O!

Yo pensaba exactamente lo mismo. Sólo era la hora del desayuno y ya estaba cansada de la lluvia. Era un día feo.

—Tonterías —dijo tía Jane—. Estamos en los Establos Storm Cliff. Nos encanta una buena tormenta de vez en cuando. Estamos preparadas.

Las chicas más mayores que había en nuestra mesa empezaron a corear:

—¡Establos Storm Cliff! ¡Establos Storm Cliff! ¡Establos Storm Cliff!

Layla se puso de pie delante de la barra de la fruta y habló por el micrófono.

—Terminen su desayuno, campistas. Después elijan su primera actividad. Todo comienza dentro de diez minutos.

El estrépito de un trueno sobresaltó a Layla.

—No vamos a dejar que cuatro gotas nos detengan, ¿no? —preguntó.

Los cánticos redoblaron su intensidad.

—¡Establos Storm Cliff! ¡Establos Storm Cliff!

Tía Jane echó un vistazo a mi plato.

—¿No tienes hambre hoy?

Intenté sonreír pero no pude.

—Siento molestias en el estómago —bajé los ojos—. No puedo comer cuando pienso en ese bebé mapache. Estaba tan malito.

Pinché en los huevos con un tenedor.

—Lo siento, tía Jane. Por favor, no se enfade conmigo.

—Hoy es un nuevo día —dijo tía Jane—. No estaba enfadada contigo. Estaba preocupada por ti.

Después me abrazó.

—¿Cómo podría enfadarme con la cumpleañera?

—Un día más —dije—, y por fin tendré ocho años.

Carly, Gabriela y Dani empezaron a reírse.

—¿Qué es eso tan divertido? —pregunté—. ¿Se están riendo de mí?

—Nadie se ríe de nadie —dijo tía Jane—. Ahora vayan a elegir su primera actividad.

Nos dijo adiós con la mano.

—Vayamos a elegir nuestra actividad —dije.

—Oh, no nos vamos a apuntar a nada —dijo Gabriela. Lanzó a Carly y Dani una rápida mirada—. Estamos trabajando en un proyecto especial con Layla.

—¿Y qué hay de mí? —pregunté.

Dani respiró hondo.

Gabriela suspiró.

Carly negó con la cabeza.

—Es algo que sólo las chicas de ocho años pueden hacer —dijo Dani—. Lo siento.

Mi estómago volvió a sentirse como los malvaviscos derretidos y pegajosos.

Bree oyó a Dani. Me dijo:

—Ven conmigo. Voy a visitar a Pip y Squeak en unos minutos. ¿Quieres venir y ayudarme?

Di saltos de alegría.

—¡Me encantan Pip y Squeak! —le saqué la lengua a las Chicas Poni—. De todas formas, prefiero irme con Bree.

Pip y Squeak son caballos enanos.

—Tía Jane me pidió que los cepillara antes de que Layla hiciera algún trabajo preparatorio con ellos —dijo—. Puedes aprender más cosas sobre el cepillado.

Fuimos caminando hasta el establo. En cuanto los caballos nos vieron, relincharon suavemente. Tomé una zanahoria que había en un cubo.

—¿Puedo darles de comer?

Bree acarició la panza de Pip.

—Claro que sí.

Agarré la zanahoria y dejé que Squeak fuera el primero en

mordisquearla un poco. Pip también debía tener hambre. Ella estiró su cuello y empujó a Squeak para que se apartara.

—Creo que ahora los dos quieren una golosina —dije.

Así que mientras daba de comer a Pip, Bree daba de comer a Squeak.

—¿Sigue Esha empeñada en montarse encima de Pip y salir a dar un paseo? —pregunté.

—No —dijo Bree—. Sabe que es demasiado grande. Finalmente ha comprendido que si la monta podría lesionar su espina dorsal. Incluso durante un segundo.

—Tía Jane y Layla le recordaron que sólo los niños en edad preescolar tienen permiso para montarlos.

Abracé a los caballos y les susurré:

—Mañana es mi cumpleaños, pero a nadie le importa.

—Eso no es verdad —dijo Bree—, a mí me importa.

Bree es buena escuchando. Mucho mejor que las Chicas Poni.

—Es verdad —dije yo—. Creo que mi mamá se olvidó. Aún no he recibido un paquete suyo. Y las Chicas Poni ni siquiera quieren pasar tiempo conmigo porque tengo siete años. Sigo tratando de decirles que tengo casi ocho años.

—¿Ellas te dijeron eso? —preguntó Bree—. ¿Que no quieren pasar el tiempo contigo? ¿Qué no les importas?

—Algo así —dije—. Cada vez que les cuento que casi tengo ocho años, se ponen a hablar de otra cosa.

Bree trajo terrones de azúcar a Pip y Squeak. Estuvo en silencio durante un rato. Después me abrazó.

—Las Chicas Poni se preocupan por ti, lo sé.

Pero yo no lo sabía. Y eso hacía que me doliera el corazón y que sintiera molestias en el estómago.

Bree y yo no hablamos mucho. Pero me dejó ayudarla a cepillar a Pip y a limpiar los cascos de Squeak. Era un trabajo realmente duro.

—Ahora que ya hemos terminado, ¿quieres que vayamos a la Cantina Verde a ver si tu mamá te envió un paquete?

Puso su mano alrededor de mi hombro.

—Tengo el presentimiento de que hoy es tu día de suerte. Los paquetes que te han enviado están a punto de aparecer. ¡Tan sólo espera y verás!

—De acuerdo —le dije. Crucé los dedos. Después crucé los brazos y las piernas para conseguir doble ración de buena suerte.

Pero hoy no fue mi día de suerte.

No había paquetes de mi casa.

No había señales de decoraciones de fiesta.

No había rayos de sol.

Y, lo peor de todo, no vi a las Chicas Poni durante el resto del día.

Capítulo 7

Ningún deseo de cumpleaños

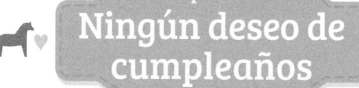

—Levántate y brilla, — me susurró una voz en mi oído.

—¿Sabes qué día es hoy, no?

Me senté en la cama y bostecé.

—Es mi cumple...

—¡Hoy es el día del Concurso de talentos de Miss Fuegos artificiales! — chilló Carly.

—También es mi cumpleaños — murmuré.

Pero creo que nadie me escuchó, porque nadie dijo nada.

—Tenemos que ir al Pabellón —dijo Dani—. Volveremos.

—Pero si siempre vamos juntas al Pabellón —les dije—, para el desayuno. Y ayer casi no las vi en todo el día.

Pasé el día con Bree y sus amigas. Ni siquiera vi a las Chicas Poni.

—Lo siento —dijo Gabriela—, Layla nos necesita sólo un par de minutos antes de ir a comer. Te lo prometo.

Salieron por la puerta.

Yo me levanté de mi litera, me cepillé los dientes y me miré al espejo.

—¡Feliz cumpleaños! Ya eres oficialmente una Chica Poni.

Una Chica Poni que al parecer no le importa a nadie.

Alguien llamó a la puerta. Era Bree.

—¡Feliz cumpleaños, Kianna!

—¡Te acordaste! —le di uno de mis súperabrazos.

Parecía confundida.

—¡Por supuesto que me acordé! Quiero comprarte algunas calcomanías para tu colección en la Cantina Verde.

—¡Oh, vaya! Mi primer regalo.

Bree se rio.

—Sólo es un pequeño regalo. Apuesto que hoy tu mamá te envió un paquete. Podemos preguntar cuando estemos allí.

Como era mi cumpleaños, ¡Bree me llevó a caballito todo el camino hasta allí!

Cuando le conté a Bree que nadie más me había felicitado en mi cumpleaños, pareció sorprendida.

—¿A lo mejor tenían mucha prisa?

Me mordí el labio y me encogí de hombros.

—Sólo son las 8 de la mañana, Kianna. Montones de personas te desearán un feliz cumpleaños hoy. Estoy completamente segura.

Pero yo no estaba tan segura.

—Es un día ajetreado. Hoy es el concurso de talentos. Además, Dani, Gabriela y Carly se apuntaron a las clases de volteo. Saben que me da demasiado miedo ir.

—Siempre quedará esta noche —dijo Bree.

—Pero esta noche sólo es una pequeña parte del día —le dije.

Entonces me acordé de mi mamá. Yo era su Pequeña Miss Rayo de sol. Así que aparté mis pensamientos tristes e intenté tener pensamientos alegres.

Cuando llegamos a la Cantina Verde, la señora Matthews nos saludó con la mano. Sostenía un paquete en las manos.

—¡Por fin ha llegado! —dije—. ¡Mi regalo de cumpleaños de parte de mi mamá!

La señora Matthews negó con la cabeza y bajó la caja.

—Oh, lo siento, Kianna. Esperaba que pudieras darle esto a Carly.

Las lágrimas me ardían los ojos.

—Así que, ¿no hay un paquete para mí? Es mi cumpleaños, ¿sabe?

—¡No lo sabía! ¡Feliz cumpleaños! Vuelve más tarde y te daré un helado de mango. A cuenta de la casa. Todo el mundo merece un regalo de cumpleaños.

—¿De verdad? —pregunté—. Es mi helado favorito. No puedo esperar para contárselo a tía Jane.

—Tía Jane no está aquí —dijo ella—. No estoy segura de si volvía hoy o mañana.

Se me cayó el alma a los pies. Siempre veo a tía Jane en mi cumpleaños. Siempre.

—¿Dónde está? —le pregunté a Bree.

—Dijo algo sobre que tenía que hacer unos recados y pasar por su casa a comprobar algo —dijo la señora Matthews.

La puerta chirrió al abrirse. Eran Esha, Avery y Jaelyn. Jaelyn sostenía un pincel y Esha tenía pintura púrpura en la cara.

Cuando nos vieron, dieron un portazo y se alejaron rápidamente de allí.

—¿De qué va todo esto? —preguntó la señora Matthews.

Bree levantó las manos.

—No tengo ni idea, pero ha sido grosero. Podrían haber deseado feliz cumpleaños a Kianna. Saben que es su día especial.

Desde luego que no parecía un día especial. Me senté en un banco.

—Si te cuento una cosa, ¿me puedes prometer que guardarás el secreto, Bree?

—Eso depende —dijo Bree—. Si me cuentas que Esha no se puso su casco o que un caballo se quedó a la intemperie toda la noche, tendría que contárselo a tía Jane.

Negué con la cabeza.

—Nada de eso. Es sobre mí.

Respiré profundamente.

—Me encantaban los Establos Storm Cliff. Pero ahora ni siquiera sé si me gustan. Ya no es el lugar adecuado para mí.

Entonces me eché a llorar.

—Me quiero ir a mi casa.

Capítulo 8
Miedo
escénico

—¡No te puedes ir a tu casa ahora! — dijo Bree—. Al menos hoy no.

Me soplé la nariz.

—Mi mamá me dijo que podría llamarla si la necesitaba, y ahora la necesito de verdad.

Bree estuvo en silencio durante un minuto. Entonces echó un vistazo a su reloj.

—El concurso de talentos empieza en dos horas. Tú has trabajado muy duro. ¡Podrías ganar! ¿No sería ese un regalo fantástico?

—Aparte de las calcomanías y la invitación a tomar un helado, puede que sea mi único regalo.

—Entonces, asunto resuelto —dijo Bree—. Participa en el concurso. Pásatelo bien en él. Y si hoy no te diviertes, podemos llamar a tu mamá esta noche. ¿Trato hecho?

—Trato hecho —dije yo—. Pero no quiero ver a ninguna Chica Poni antes del concurso. Si las veo, podría echarme a llorar.

—Ningún problema —dijo Bree—. Vamos a ir al establo y practicar allí hasta que empiece el concurso.

Y eso fue justo lo que hicimos.

Bree tenía un montón de aros de hula hula escondidos en el establo.

—He estado practicando, pero no consigo mejorar.

Agarró el aro rojo y me lo ofreció. Lo puse alrededor de mi cintura y comencé a moverme adelante y atrás para hacerlo girar.

—El Vórtice es mi movimiento favorito —dijo Bree—. Vuelve a enseñármelo.

—Pan comido —le dije—. Las chicas querrán hacerlo también.

Entonces lancé el aro hacia arriba en el aire.

—Creo que les va a gustar más el Lanzamiento de pizzas. Es mi truco favorito —seguí lanzando el aro al aire y agarrándolo—. Sólo puedes hacer este truco si sabes hacer el movimiento Vórtice.

Le enseñé a Bree tantos trucos que casi nos perdemos el concurso de talentos. Cuando llegamos al Pabellón, echamos un vistazo a través de la puerta lateral.

Había sillas y largos bancos dispuestos en torno al escenario. Pude ver a las Chicas Poni sentadas en las sillas de la primera fila. A ambos lados del escenario, había algunas macetas con plantas y flores. El escenario parecía grande. Demasiado grande. Volví a sentir en mi estómago esa sensación de malvavisco derretido y pegajoso.

Había serpentinas y globos colgando del techo detrás del escenario. Entre ellos, había un cartel enorme con letras rojas, blancas y azules que decía «Concurso de talentos Miss Fuegos artificiales».

La música estaba a todo volumen. Esha y Avery estaban bailando.

Cuando entré, Carly, Gabriela y Dani vinieron corriendo hacia mí.

—¿Dónde has estado? —preguntó Dani.

—Te hemos estado buscando por todos lados —dijo Gabriela.

—Buscamos en todos los rincones, pero no pudimos encontrarte —dijo Carly.

Layla miró en nuestra dirección y tomó el micrófono.

—Atención, escúchenme todas. Hoy tenemos un gran espectáculo. De hecho, una de nuestras participantes actuará dos veces.

—¡Eh!, eso no es justo —dije yo—. Tendrán el doble de posibilidades de ganar.

Pero a nadie más pareció importarle.

Durante la siguiente hora, vi a chicas hacer girar bastones, bailar hip—hop, cantar, dar volteretas por el aire y realizar trucos de magia.

Cuando llegó el turno de Carly, no pudo hacer ni una pompa de chicle. Al tercer intento, el chicle rosa salió disparado a través del escenario. Todas nos reímos. Incluso Carly.

Entonces Carly se metió más chicle en la boca. Lo masticó y, finalmente, consiguió hacer una pompa. Pero tampoco era la Pompa Más Grande del Mundo. Era la Pompa Más Pequeña del Mundo.

Carly dio una patada al suelo y salió entre bastidores. Sus mejillas estaban más rosas que su chicle.

Después, Layla llamó a Dani para que subiera al escenario. Dani era una hermosa mariposa. Tenía purpurina por todas partes.

La música empezó a sonar. Dani comenzó a bailar. Se puso a revolotear por todo el escenario. Al final la música se terminó.

Pero Dani no había terminado de bailar. Siguió girando y dando vueltas hacia la derecha. Y luego siguió girando y dando vueltas hacia la izquierda. Finalmente, Layla le pidió que fuera girando y dando vueltas directamente hasta su asiento.

Después fue mi turno. Subí mis aros de hula hula al escenario. Miré hacia el público. Había tanta gente. Tanta gente mirándome directamente a mí.

Quería poner un aro sobre mi cabeza, pero mis manos no se movían. Mis pies no se movían. Me costaba respirar. Sólo podía quedarme ahí parada, mirando fijamente a la multitud.

¿Cómo iba siquiera a ganar el concurso si estaba demasiado aterrada como para participar?

Capítulo 9

¡Kianna es genial!

Layla vino corriendo hacia mí:

—¿Estás bien? ¿Necesitas un poco de agua?

Negué con la cabeza. No podía hablar. Tenía la sensación de que me habían succionado todo el aire.

—Eres valiente, Kianna —dijo Layla—. Y ahora ya tienes ocho años. Puedes hacer esto. Cree en ti misma.

Cree en ti misma. ¡Eso es lo que mamá siempre me dice!

Respiré profundamente. Retuve el aire unos segundos y después exhalé. Después lo volví hacer. Y después le hice a Layla el signo del pulgar hacia arriba.

—Estoy lista.

No estaba segura de que pudiera bailar el hula hula delante de todas las campistas, pero sabía que tenía que intentarlo.

—Compañeras campistas —dijo Layla—, prepárense para maravillarse con la Reina del Hula hula, ¡Kianna Drake!

¡Las Chicas Poni se volvieron locas! Sacaron unos carteles con mensajes especiales que tenían bajo sus asientos y los alzaron bien alto.

¡A por ellas, Cumpleañera! ¡Kianna es genial! ¡Esta Cumpleañera Tiene Talento!

Esos carteles me hicieron sentir mejor. Convertí mi ceño fruncido en una sonrisa. Y, de repente, supe que podía hacerlo.

Di un paso adelante y empecé a hacer girar un aro alrededor de mi cintura.

Las chicas aplaudieron, pero no mucho.

Entonces, mientras tenía un aro girando alrededor de mi cintura, Bree me alcanzó otro aro. Lo pasé por mi cabeza y lo hice girar alrededor de mi cuello.

Los aplausos se hicieron más fuertes.

¡Aumenté la velocidad de los giros!

A continuación, extendí mi pierna. Bree puso en ella un aro más pequeño.

¡Justo como habíamos practicado!

Le di vueltas y vueltas igual que los demás.

Los aplausos se hicieron más intensos. Las chicas empezaron a gritar mi nombre. Algunas se levantaron de sus asientos. Se abalanzaron hacia delante para ver mejor.

Cuando mi primera canción terminó, dejé caer los tres aros al suelo.

—¡Hazlo otra vez! —gritó alguien.

Empezó la segunda canción.

—Voy a mostrarles algunos trucos muy complicados —grité.

Las chicas aplaudieron y vitorearon cuando les mostré el Vórtice, el Lanzamiento de pizzas y el Lazo.

Cuando terminé, hice una reverencia y salí corriendo entre bastidores.

Pero Layla me trajo de vuelta al escenario.

—Concedamos a Kianna otro minuto para que nos muestre algunos trucos más.

Y eso hice. ¡Me sentí como una estrella! ¡Una súperestrella!

Cuando finalicé, Layla dijo que llegó el momento de votar por nuestro talento favorito.

Mi mamá dice que nunca debes votar por ti misma. Así que voté por Dani. Su baile fue realmente bonito.

Mientras estábamos esperando los resultados, montones de chicas agarraron los aros e intentaron repetir algunos de mis trucos. ¡Una de las campistas más mayores consiguió hacerlos todos!

Miré alrededor, buscando a las Chicas Poni, ¿dónde estaban?

Pero entonces, Bree y sus amigas subieron al escenario y me chocaron los cinco.

—Eres la gran favorita —dijo Bree—. Todo el mundo está votando por ti.

Esha asintió con la cabeza.

—Mucho mejor que esa chica de las pompas de chicle.

Crucé los dedos.

—Eso espero. Sería muy divertido ganar el concurso el día de mi cumpleaños.

Unos minutos más tarde, Layla logró que todo el mundo se calmara, e hizo que todas volvieran a sus asientos. Todas menos las Chicas Poni, ¿dónde estaban?

—Tengo que hacer un anuncio especial —dijo Layla—. Aunque el número de hula hula de Kianna es muy difícil de superar, el siguiente grupo musical es imbatible.

Mi corazón se paralizó. ¿Imbatible?

—Seguro que todas querrán unirse a ellas para cantar esta canción tan especial —dijo Layla—, dedicada a una persona muy especial.

Bree frunció el ceño.

—Deben ser las chicas más mayores. Son casi insuperables, Kianna —se encogió de hombros—. Al menos lo has intentado.

Cerré mis ojos. No quería ver a las cantantes.

Pero no importó, porque podía oírlas. Y lo que oí me hizo sonreír. Sonreír mucho.

¡Era la mejor canción jamás cantada por las mejores amigas del mundo mundial!

Abrí mis ojos. Carly, Dani y Gabriela estaban cantando «Cumpleaños feliz». ¡A mí!

Tenían globos, tarjetas y paquetes en sus manos. ¡Para mí!

Entonces Layla trajo una tarta con velas.

—Hay nueve velas, Kianna. Una de ellas es para que te traiga buena suerte.

Miré a Bree.

—¡Hoy es mi día de suerte después de todo!

Cerré mis ojos y pedí un deseo.

Cuando los abrí, ¡no podía creerlo! ¡Mi deseo se había convertido en realidad!

Capítulo 10
Misterio resuelto

—¡Mamá! —grité. Corrí hacia abajo por las escaleras y volé hasta sus brazos—. ¿Qué estás haciendo aquí?

—¡Feliz cumpleaños, Pequeña Miss Rayo de sol! ¿Creías que me perdería tu cumpleaños?

Me cubrió la cabeza y la cara de besos.

—He venido para almorzar contigo y con tía Jane —me apartó de ella—. Deja que te vea mejor.

Me examinó de arriba a abajo.

—Es verdad que hoy pareces mayor. Y creo que has debido crecer un par de centímetros desde la última vez que te vi.

—¿Qué edad parece que tengo? —pregunté.

—Como mínimo, ocho años y medio —dijo—. A lo mejor, incluso ocho y tres cuartos.

Abracé a mi mamá con fuerza.

Señaló hacia Jaelyn y Esha. Llevaban un cartel que decía: «¡Feliz cumpleaños, Chica Poni!»

—Parece que has hecho un montón de amigas —dijo.

Asentí con la cabeza.

—¡Chica Poni, Mamá! ¡Esa soy yo! Hoy soy oficialmente una Chica Poni de verdad.

Carly, Dani y Gabriela vinieron corriendo hacia mí con Bree.

—Eres increíble —dijo Dani—. Te mereces ganar. Yo he votado por ti. Todas lo hemos hecho. Ahora vas a tener que enseñarnos a bailar el hula hula como tú.

—Se lo enseñaré esta tarde, pero sé que tienen que hacer volteo.

Carly se rio.

—No, no tenemos volteo. Sólo intentábamos engañarte para que pensaras que habíamos olvidado tu cumpleaños y poder sorprenderte después.

—Ayer hicimos los carteles. Y esta mañana, estuvimos ayudando a preparar la tarta —dijo Gabriela—. Pero entonces no pudimos encontrarte y nos sentíamos fatal. Estábamos preocupadas de que pensaras que realmente nos *habíamos* olvidado de tu cumpleaños.

—Sí —dijo Dani—. Y sabes que es algo que nunca olvidaríamos, ¿verdad?

Miré a Bree. En silencio, articuló: «Te lo dije».

—Sí —dije—, sabía que no habían olvidado mi cumpleaños.

Carly tironeó a Mamá de la camisa.

—¿Señora Drake?, ¿cómo es posible que no enviara ningún paquete a Kianna?

Mamá arrugó el ceño.

—¿De qué estás hablando? ¡Creo que le envié seis o siete paquetes hasta ahora!

—¿Lo hiciste? —pregunté—. ¡No recibí ninguno! Creí que te habías olvidado completamente de mí, Mamá. Era la única que no recibía paquetes.

Mamá se rascó la cabeza.

—¡Qué raro! Yo misma los llevé a la oficina de correos. En Bakersfield. Entendería que alguno de ellos no te hubiera llegado, pero, ¿que no llegara ninguno? Hay algo raro en todo esto.

Tendré que llamar a la oficina de correos.

—No hace falta llamar —dijo tía Jane—, he resuelto el misterio.

Tía Jane venía tirando de una carretilla de ruedas chirriantes a través de la puerta. Dentro había un montón de cajas envueltas en papel marrón.

—Aquí están, Kianna. Los siete —dijo tía Jane—. De parte de tu mamá.

Mamá parecía confundida.

Las Chicas Poni parecían confundidas.

Y seguro que yo también parecía confundida.

Tía Jane miró a Mamá.

—Tuve el extraño presentimiento de que habías usado la misma dirección que has estado usando los últimos 15 años para enviarme paquetes *a mí*, ¿verdad?

—Así es —dijo mamá—. Esa es la dirección a la que siempre te envío tus paquetes.

—Pero los Establos Storm Cliff tiene un número de apartado de correos para los paquetes. De forma que sólo los paquetes que llegan a ese apartado de correos son los que recogemos en la oficina de correos y los traemos al campamento. ¡Las cajas que enviaste han estado esperándome en la puerta de mi casa desde hace semanas! Las siete cajas.

Mamá se tapó la cara.

—¡Qué vergüenza!

—No te avergüences, Mamá. Sí, recibí tus postales.

—Las postales y las cartas las traen hasta aquí —dijo tía Jane—. Los paquetes no, tenemos que traerlos nosotras y después se los entregamos a las chicas.

En ese momento, la voz de Layla retumbó sobre nuestras cabezas:

—Después del recuento de votos, tenemos una ganadora.

Todo el lugar permaneció en silencio y todas volvieron corriendo a sus asientos.

Layla se aclaró la garganta.

—La ganadora del Concurso de talentos Miss Fuegos artificiales es . . . ¡Kianna Drake! Todas empezaron a vitorear.

Corrí al escenario y me puso una medalla alrededor del cuello. Brillaba tanto como las alas de mariposa de Dani.

—Este ha sido el mejor cumpleaños de mi vida —dije después de almorzar con tía Jane.

Mamá me abrazó:

—Aún me siento fatal, por mi culpa no recibiste ninguna golosina —me abrazó súperfuerte—. Lo siento de verdad, mi niña.

Encogí los hombros.

—No te preocupes, mamá. Una niña de siete años podría enfadarse por eso, pero una de ocho años no.

Ya estaba contando los días que me faltaban para celebrar mi *noveno* cumpleaños en los Establos Storm Cliff.